Yvan P

TR

La guerre toujours recommencée

d'après l'*Iliade* d'Homère

ÉCOLE
Jeannine Manuel

43 - 45 Bedford Square
WC1B 3DN London

École Jeannine Manuel UK
Company number 9649998

Par Yvan Pommaux
à *l'école des loisirs* :

Œuvres sur la mythologie :

Ulysse
aux mille ruses

Œdipe
l'enfant trouvé

Orphée
et la morsure du serpent

Thésée
Comment naissent les légendes

ISBN : 978-2-211-**22072**-9
www.ecoledesloisirs.fr
www.ecoledesmax.com

Yvan Pommaux

TROIE

La guerre toujours recommencée

d'après l'*Iliade* d'Homère

Couleurs de Nicole Pommaux

Neuf

l'école des loisirs

11, rue de Sèvres, Paris 6ᵉ

Dans la Grèce antique, des conteurs, qu'on appelait des aèdes, allaient de ville en ville et chantaient devant des auditoires captivés les longues histoires qu'ils gardaient en mémoire.

Au VIIIᵉ siècle avant Jésus-Christ, l'un d'eux, Homère, composa deux longs poèmes épiques qui sont parvenus jusqu'à nous : l'*Iliade* et l'*Odyssée*.

L'*Iliade* raconte une guerre terrible, un désastre dû à une simple pomme, voici pourquoi...

Les dieux habitaient un lieu enchanteur
au-delà du ciel : l'Olympe.

Immortels, d'un âge immuable, ils se seraient ennuyés sans
la présence, sous les nuages, de cette planète appelée Terre.
Là, des hommes et des femmes passaient une vie trop
courte à s'aimer ou se détester, à faire la fête ou la guerre,
à s'entraider, se trahir… Leurs relations compliquées pas-
sionnaient les dieux, à tel point que ceux-ci descendaient
parfois de l'Olympe, incognito, pour se mêler de leurs
histoires.

Ce jour-là, les dieux se divertissaient aux noces de Thétis et Pélée. Comme souvent, on avait «oublié» d'inviter Éris, la déesse de la discorde.

Elle se vengea en lançant au beau milieu de l'assemblée une pomme sur laquelle on pouvait lire ces mots gravés: «POUR LA PLUS BELLE.»

Héra, Aphrodite et Athéna se disputèrent âprement le fruit.
Les convives, pris à partie, mais tous d'avis différents, se chamaillè-
rent, gâchant la fête.
Agacé, Zeus, roi des dieux et mari d'Héra, décida de confier à un
mortel le soin de départager les trois rivales.
Un berger nommé Pâris, qui gardait des moutons au sommet d'un
mont, vit soudain apparaître sous ses yeux trois déesses et dans sa
main une pomme. En lisant les mots qui s'y trouvaient inscrits, il
devina ce qu'on attendait de lui, mais resta coi, n'osant choisir.

Aphrodite
s'approcha
du jeune homme
et lui dit
tout bas :

«Si tu me remets la pomme,
je t'aiderai en toutes circonstances, et je te donnerai la plus
belle femme de la Terre : Hélène,
l'épouse de Ménélas, roi
de Lacédémone.»

Or ce Pâris était un prince troyen qui gardait là les troupeaux de son père, le roi Priam. Il avait entendu parler de la reine Hélène, dont les aèdes chantaient la beauté. Il ne résista pas à la proposition d'Aphrodite, qui triompha donc de ses concurrentes et fit en sorte que son protégé enlève Hélène à Lacédémone sans la moindre difficulté, puis l'emmène à Troie, chez lui.

L'infortuné Ménélas courut se plaindre à son frère aîné Agamemnon, puissant roi de Mycènes, qui décida de lever une armée pour aller reprendre Hélène aux Troyens et laver dans le sang l'affront fait à son cadet.

La mer Égée se couvrit de navires. Tous les rois des provinces grecques avaient répondu à l'appel d'Agamemnon. Sous son haut commandement, les flottes convergèrent vers la Dardanie et la ville de Troie.

MER ÉGÉE

TURQUIE
actuelle

TROIE
DARDANIE   MYSIE

GRÈCE

LYDIE

LESBOS

ITHAQUE

CHIOS

ATHÈNES

CARIE

MYCÈNES

PÉLOPONNÈSE

LACÉDÉMONE

MER IONIENNE

MILOS

CYTHÈRE   MER MÉDITERRANÉE

Comme toutes les guerres, celle-ci cachait
sous son prétexte initial un désir de conquête et, bien sûr,
on prétendait qu'elle serait brève !

Lorsque le récit d'Homère commence,
Troie est assiégée depuis neuf ans déjà…

9

L'envahisseur grec compte de nombreux morts.
Les soldats sombrent dans le découragement.

Alors que le prestige de certains chefs, tels qu'Achille ou Ulysse,
a grandi, l'autorité d'Agamemnon s'est fissurée.

Troie est imprenable !

Agamemnon part encore
piller une ville de Dardanie.
Et il prendra la plus grosse
part du butin.

Il n'est qu'un
profiteur de
guerre !

Quand leurs hommes manquent de vivres, les rois grecs s'en vont piller des villes mal défendues, et Agamemnon mène ce genre de razzias plus souvent qu'à son tour.

Lors de ces pillages, on capture des femmes. Les plus nobles et belles sont offertes aux chefs «en part d'honneur». Ainsi, à Lyrnessos, Achille reçoit de ses troupes de Myrmidons la jolie Briséis.

Agamemnon, lui, met à sac Thèbes où il s'empare d'une séduisante jeune fille nommée Chryseïs.

Oublie que tu es ma captive. Je t'aimerai et tu m'aimeras.

Tu seras ma part d'honneur et mon esclave!

Or Chryseïs est la fille choyée d'un prêtre d'Apollon, Chrysès, qui se rend aussitôt dans le camp grec, suivi d'hommes portant un coffre ouvragé.

Agamemnon, grand roi de Mycènes, accepte la rançon que je t'apporte en échange de ma fille.

Hors d'ici, vieillard, si tu veux vivre. Je te rendrai ta fille quand elle aura perdu sa beauté.

Chrysès s'éloigne à la hâte.

Apollon, que ton arc d'argent punisse ceux qui m'ont volé mon enfant. Fais-leur payer cher le prix de mes larmes.

Apollon entend la prière de Chrysès.
Il saisit son arc et arrose
sans discontinuer le camp grec
d'une pluie de flèches mortelles.

Achille, ne comprenant pas
l'acharnement du dieu,
convoque le devin Calchas.

Je peux te dévoiler la raison
du courroux d'Apollon...
Mais promets-moi de me proté-
ger quelle que soit la réponse.

Je te le jure !

Depuis l'Olympe, Athéna assiste à la scène.
Elle pressent une querelle entre Achille et Agamemnon,
or elle soutient le camp grec et ne veut pas d'un duel
entre deux de ses chefs.

Tant qu'Agamemnon n'aura pas rendu Chryseïs à son père, le dieu nous accablera.

QUOI! Prophète de malheur! C'est toujours le pire qui sort de ta bouche. Je vais te tuer!

Tu ne tueras personne!

Affronter Achille est trop risqué!

Soit! Je libère Chryseïs, mais je veux une compensation: donne-moi Briséis!

Tu es cupide et tu veux m'humilier en me prenant ma part d'honneur!

ACHILLE

Athéna apparaît à Achille et à lui seul.

Accepte les conditions d'Agamemnon. Pour vider ta colère, ne te sers que des mots. Insulte, injurie, mais range ton épée.

Déesse, je t'obéis !

Sac à vin ! Chien ! Cœur de cerf ! Profiteur et lâche qui abandonne son armée pour aller piller et s'enrichir ! Porc, qui fait de sa part d'honneur une esclave ! Écoute : tu es plus puissant que moi, prends Briséis, mais je ne combattrai plus.
Bientôt, tous les Grecs te maudiront et me regretteront !

Les gardes d'Agamemnon viennent chercher Briséis.
Achille se retire sous sa tente, installée entre ses vaisseaux
un peu à l'écart du camp grec.

Il a d'ici une vue panoramique sur tout le champ de bataille.
Son ami Patrocle le réconforte :

Je suis là,
Achille, avec
toi. Je suis
ton ami.

Tu es plus
qu'un ami,
Patrocle.

Un matin,
il va au bord de l'eau…

… et appelle sa mère Thétis, divinité marine, qui lui apparaît*.

* Dieux et déesses, quand ils viennent sur terre, se lient parfois aux mortels et de
leurs amours naissent des enfants. Achille est l'un d'eux.

Mère, cette guerre va se terminer pour moi sans gloire,
alors que j'y ai prouvé ma valeur, semant la mort et l'effroi chez l'ennemi.
Cet ennemi pourtant n'est pas le mien, mais celui de Ménélas
et d'Agamemnon qui m'outrage aujourd'hui.

Patience, mon fils. Bientôt tu seras vengé !

Thétis se rend sur l'Olympe. Elle a toujours été loyale et dévouée à Zeus, qui, de son côté, lui a souvent témoigné son affection.

Ô Zeus, Suprême Majesté, avantage les Troyens dans les prochaines batailles.

Les Grecs attribueront ces défaites à l'absence d'Achille !

Tu sais que je ne peux rien te refuser !

Je vais souffler sur les braises de cette guerre qui s'éternise...

Agamemnon reçoit dans son sommeil un rêve envoyé par Zeus : il s'y voit, redevenu le grand chef de guerre d'autrefois, mener ses troupes à la victoire.

Au petit jour, il rassemble les soldats.

Aiguisez vos lances ! Préparez vos boucliers ! Ajustez vos cuirasses !

Certes nous avons perdu beaucoup de valeureux guerriers, mais notre armée reste forte.

Il tente de les galvaniser et de restaurer son autorité.

C'est vrai...

Plus de mille vaisseaux ont accosté aux rives de Dardanie, chacun transportant au moins cent hommes. Tous les rois sont encore là, même les blessés...

Pénélos, Leitos, Arcélisas et Prothoénor emmènent les guerriers des villes de Scolos, Théopie, Ilésion et bien d'autres, toutes situées en Béotie.

Les frères Ascaphos et Ialménos commandent aux gens d'Asplédon, d'Orchomène...

Schédios, Épistrophos, Naubolide emmènent les hommes de Phocide qui viennent des villes de Cyparissus, de Pytho...

Ajax conduit les hommes de Salamine…

… et Diomède, secondé par Sténélos et Euryale, ceux des grandes villes d'Argos, Tirynthe, Trézène, Épidaure…

Le puissant Agamemnon, l'Atride, roi de Mycènes et de Corinthe, qui exhorte tous ces guerriers à repartir au combat, possède le plus fort contingent…

Son frère Ménélas, dont la femme Hélène est cause de la guerre,
commande aux gens de Lacédémone, Pharis, Sparte…

Les hommes de Pylos suivent le vieux et sage Nestor…

Viennent ensuite ceux des campagnes de l'Arcadie sous les ordres
d'Agapénor…

Amphimachos, Thalpios, Diores, Polyxène emmènent les guerriers
du vaste canton compris entre Hyrminé et Alésie…

Tous ceux de l'Argos Pélagique, gens de la Phthie et de l'Hellade, qu'on appelle Myrmidons, sont désemparés. Achille, leur chef, refuse de combattre. Depuis qu'Agamemnon lui a pris Briséis, sa colère ne s'est pas apaisée…

Ulysse aux mille ruses conduit les hommes des îles d'Ithaque, Céphalonie, Zacynthos, Samos… Les Crétois suivent Idoménée. D'autres rois encore, ceux des îles de moindre importance, ont rivalisé de zèle et ajouté à eux tous un renfort de plusieurs centaines d'hommes.

Oui, notre armée est encore puissante.

23

La terre résonne sous les pas des guerriers grecs. Les remparts et les murs de Troie tremblent comme à l'approche d'un séisme.

Iris, messagère des dieux favorables aux Troyens, se présente sous les traits d'un éclaireur devant Priam, le vieux roi de Dardanie et de la cité assiégée.

Priam se fait vieux. C'est Hector, son fils aîné, qui commande l'armée, tandis que Pâris, le cadet, ne pense qu'aux plaisirs…

Si nous n'agissons pas maintenant, le siège de notre ville peut encore durer des siècles.

Tu as raison, Hector !

Leur armée est puissante, mais beaucoup moins redoutable sans Achille, et nous pouvons compter sur de nombreux alliés :

Énée et ses Dardaniens…

Pandare. Il possède un arc divin offert par Apollon et conduit les guerriers de Zélée…

Adrastos, Amphios, cuirassés de lin, commandent aux hommes d'Adrastée, de Pityeia, de Téria…

Asios, dont les chevaux ont une robe de feu, dirige ceux de Percoté, Sestos, et Abydos…

Ceux de Larissa la grande, dans sa contrée fertile, suivent Hippothos et Pylocos…

Des guerriers de pays amis sont venus de loin :

Les Thraces emmenés par Acamas et Piroos.

Les belliqueux Cicones, derrière Euphémos.

Les Péoniens conduits par Pyraechmès. Et, de plus loin encore, les Paphlagoniens, Mysiens, Méoniens...

Les portes de Troie s'ouvrent sur des soldats qui déferlent et se mettent rapidement en ordre de bataille. Ils poussent à pleins poumons le cri de la grue qui migre, emplissant la plaine d'un vacarme effrayant.

27

Le choc des deux armées se trouve empêché par un épais brouillard.
Pâris en émerge.

Qui aura le courage de m'affronter seul à seul, dans un combat à mort ?

MOI !

Ménélas surgit à son tour des nuées et s'avance tel un lion rugissant.

RÂÂÂÂÂ ! Chien, qui m'a volé Hélène, ma femme.
Je rêve chaque jour de te tuer en duel ! Approche !

Tu fuis ?
Lâche !

Hector s'emporte contre son frère cadet :

Tu n'es qu'un pleutre, Pâris ! Un fanfaron ! Honte à toi.

Non, Hector, ton frère n'est pas un lâche. Tu tiens à me voir risquer ma vie ? Bien, j'y suis prêt. Qu'on me donne un bouclier.

Le brouillard s'estompe.

Hector pose ses armes au sol et se place entre les deux camps.

ÉCOUTEZ TOUS !

Que Ménélas et Pâris seuls combattent. Le vainqueur aura Hélène et nous conclurons la paix entre nos deux peuples.

La messagère Iris prend cette fois l'aspect d'une servante pour aller prévenir Hélène que Pâris et Ménélas vont s'affronter. La belle captive aime les deux hommes.

Elle éprouve encore de l'amour pour son mari, mais, jour après jour, Aphrodite insinue en elle le poison d'une irrésistible passion pour son amant.

Tout est ma faute !
Cette guerre, cette violence,
et ce duel ! Ah !
Comme j'aurais voulu
ne pas être belle !

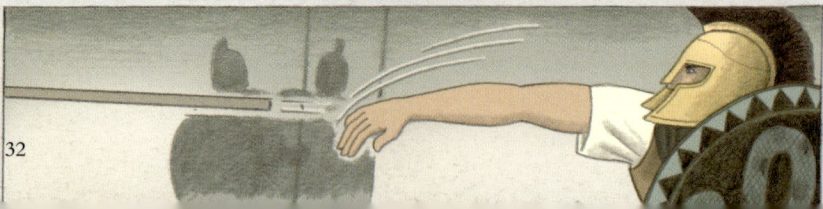

Lancer faible !

À moi !

Aphrodite intervient pour sauver Pâris d'une mort certaine. Elle rompt à distance la courroie de cuir qui l'étrangle, et, tandis que Ménélas tombe à la renverse, elle enlève le corps évanoui de son protégé, pour disparaître avec lui dans l'épais brouillard qu'elle a de nouveau répandu sur la plaine.

Sur l'Olympe, Héra et Athéna enragent. Elles voulaient la mort de ce Troyen qui avait osé leur préférer Aphrodite, rivale jusqu'alors peu appréciée, à présent détestée.
Héra abreuve Zeus de reproches.

> Le Troyen devait mourir. Mais tu as laissé Aphrodite secourir un combattant vaincu.

> Cesse de crier, je fais ce qu'il me plaît.

Athéna, de son côté, pense à se venger tout en œuvrant pour le triomphe de ses favoris.

> Il faut que la guerre reprenne. Je veux une victoire totale des Grecs.

Invisible, elle s'approche de Pandare, cet allié des Troyens toujours prompt à exhiber et utiliser l'arc que lui a offert Apollon.

> Seul Ménélas émerge du brouillard... Quelle belle cible !

Pandare bande son arc et tire une flèche qui, déviée par Athéna, va
se ficher dans le ceinturon de Ménélas. Elle en transperce à peine le
cuir épais, une fleur de sang tache la tunique du roi de Lacédémone.

Mon frère !
Tu es blessé ?

Ce n'est rien ! Une égratignure !

Ton sang coule !
La trêve est rompue !
Plus question de paix !
Seule la guerre peut
laver ce nouvel affront !

En attendant que le brouillard se dissipe, les armées ont reculé
comme le font deux taureaux pour mieux se ruer l'un contre l'autre.
Agamemnon retrouve des accents de commandant en chef.
Les soldats l'acclament.

NOS VALEURS... COURAGE... COMBAT... ENFANTS...
DÉCISIVE... N'AURONT PAS ÉTÉ VAINS... HONNEUR...
PATRIE... VOS FEMMES...   BATAILLE... VALEUR ...
FAMILLE... PAYS...   TRADITIONS...

Achille est resté près de ses vaisseaux.
En compagnie de son ami Patrocle, il assiste de loin
aux préparatifs de la bataille.

Une immense clameur monte de la plaine.

Une effroyable mêlée s'engage.

Les chefs grecs se battent avec fougue.

Ajax impressionne par son courage et sa stature.

Un javelot le frôle et tue un compagnon d'Ulysse, lequel, la rage au cœur, s'engouffre dans les rangs ennemis. Des rivières de sang coulent à ses pieds.

Les combattants troyens reculent.

Apollon leur crie du haut de l'Olympe :

Ne faiblissez pas ! Saisissez votre chance en l'absence du bouillant Achille !

Les guerriers de Priam repartent de l'avant, mais Diomède, guerrier redoutable, surgit et les fait reculer encore. Il abat les hommes comme on fauche les blés. Le chef troyen Énée traverse la bataille et rejoint Pandare.

Arme ton arc divin et tue ce démon !

L'archer vise et tire, mais sa flèche se plante dans le bouclier de
Diomède qui saisit aussitôt une lance et la propulse avec force et
précision sur son agresseur. Pandare, transpercé, meurt sur le coup.

Une pierre frappe Énée
et lui brise les os de la hanche.
Il tombe.
Plusieurs assaillants lèvent leur glaive
pour l'achever.

De nouveau,
Aphrodite
intervient.

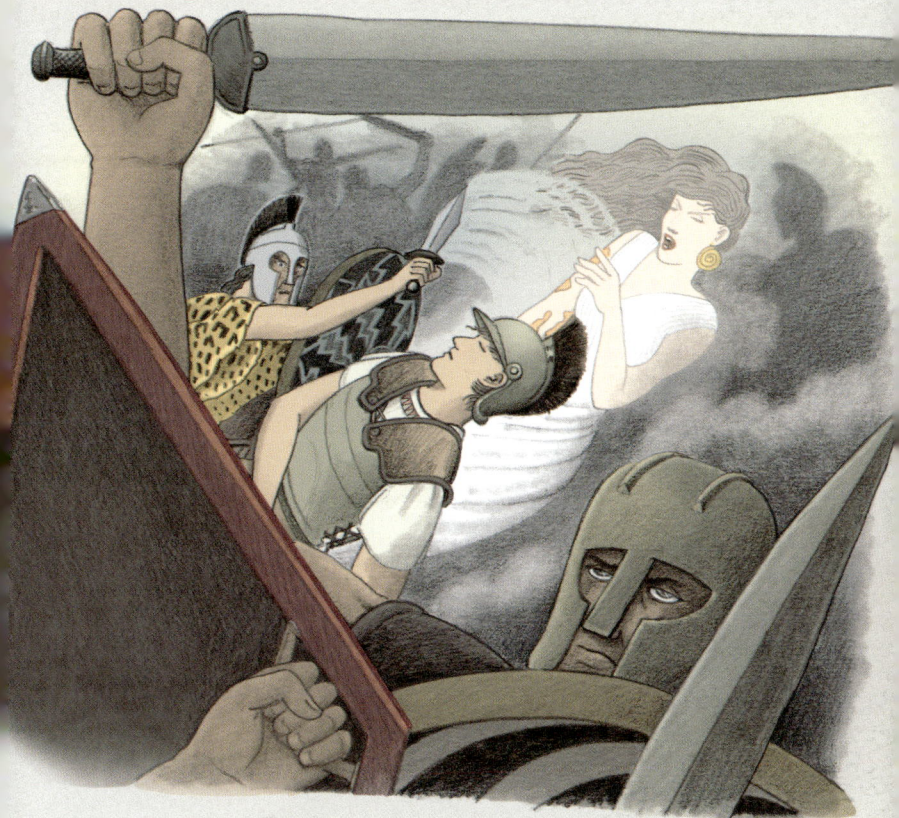

Énée se trouve être son fils, fruit d'amours lointaines avec un mortel. Un fils peu choyé, presque oublié, qu'elle se doit cependant de secourir.

Diomède poursuit le corps d'Énée emporté par la déesse qui se hâte et se croit hors d'atteinte. Mais la pointe de l'épée du Grec effleure son bras blanc, y laissant une égratignure où perle l'«ichor», ce fluide qui coule dans les veines des dieux.

Une fois Énée mis à l'abri et soigné, Aphrodite, hors d'elle, regagne l'Olympe, et se jette aux pieds de Zeus.

Venge-moi, ô roi. Anéantis les ennemis de Pâris et d'Énée.

Venger? Anéantir? Voilà des mots que tu ne devrais pas employer. Je te rappelle que tu es la déesse de l'amour.

Qu'avez-vous donc, tous, à vous préoccuper de cette guerre?

N'en déplaise à Zeus, tous les dieux participent à présent au conflit qui, sous le nom de «guerre de Troie», deviendra la mère de toutes les guerres, la guerre toujours recommencée…

Plus que les exploits guerriers ou les interventions divines, l'absence d'Achille pèse sur la bataille, encourageant les uns, démoralisant les autres.

Mais la fatigue gagne
les deux camps.
Plus de combattants furieux,
plus d'armes ni d'armures
étincelantes, mais des corps
épuisés couleur de terre, qui se traînent,
titubent, trébuchent sur d'autres
corps gémissants ou morts.
Ce spectacle afflige Athéna et Apollon.
Bien que la première soutienne
les Grecs et le second les Troyens,
ils décident d'un commun accord
d'avancer le coucher du soleil.

À la nuit, pendant la trêve rituelle, des ombres s'affairent. On ramasse les corps des guerriers morts. Bientôt s'élèvent les flammes des bûchers.

Démêlons nos morts, Troyen !

N'en as-tu pas assez, Grec, de cette guerre ?

Les chefs grecs tiennent conseil.
Le vieux et sage Nestor prend la parole.

Les Troyens s'enhardissent. Les dieux sont de leur côté. Voilà qu'ils sortent de leur cité pour venir nous attaquer !

Mais eux peuvent se replier derrière de hauts remparts, alors que nous sommes à découvert, vulnérables à tout instant. Nous devons construire un mur qui nous protège.

Dans l'obscurité, les soldats fourbus construisent donc un mur et creusent un fossé hérissé de pieux taillés en pointe.

Au matin, les Troyens reposés passent à l'attaque sous le commandement d'Hector qui sent la victoire proche. Mais elle lui échappe…

Au bout d'une journée de lutte féroce, l'armée grecque en déroute se met à l'abri du mur conçu par Nestor, et ses archers parviennent à stopper l'assaillant.

Le lendemain, les Grecs subissent une défaite plus cuisante encore.
Une seconde fois, leur mur et la tombée de la nuit les sauvent.

Il y a peu, nous tenions la victoire, aujourd'hui nous tremblons derrière un mur de fortune.

Nous ne tiendrons plus longtemps !

Depuis qu'Achille a cessé de combattre, rien ne va plus ! Les dieux nous abandonnent.

QUOI ?

Que cherches-tu à insinuer, Ulysse ? Que tout est ma faute ?

Agamemnon, mon grand âge me permet de parler sans détour. Oui, par ta faute Achille a quitté notre armée, et, depuis, nous subissons d'humiliantes défaites.

Toi seul peux, en t'excusant, en le couvrant de cadeaux, en lui rendant Briséis, le faire revenir parmi nous.

Tu es le plus ancien et le plus sage d'entre nous, Nestor. Je ferai ce que tu demandes.

Bien. Mais ne va pas lui parler toi-même, tu pourrais attiser sa colère. Ulysse et Ajax iront à ta place.

NON !

Alors ?

Achille refuse !

Consternés, les chefs vont se coucher pour reprendre des forces.

Agamemnon, soucieux, ne peut fermer l'œil.
Il se relève et rencontre Ménélas, en proie lui aussi à l'insomnie.
Bientôt Ulysse, puis Diomède, les rejoignent.
Nestor, allongé près de ses armes, se redresse à leur approche.
Il sait bien que certains hommes, en certaines circonstances,
ne peuvent rester inactifs.

Les Troyens sont sûrs d'eux et nous narguent. Ils ne se sont pas repliés derrière leurs remparts, mais bivouaquent dans la plaine. Ulysse et toi, Diomède, entrez clandestinement dans leur camp. Tâchez de connaître les projets d'Hector.

Diomède se couvre d'une peau de lion,
Ulysse d'une peau de léopard.

Or Hector a eu la même idée que Nestor : espionner l'ennemi.

Un homme revêtu d'une peau de loup gris
traverse le champ de bataille
en direction du camp grec.

Parle, espion troyen ! Quelles sont les intentions d'Hector ?

Il cherche un moyen de franchir votre mur. Il veut brûler vos navires.

Dis-nous comment pénétrer dans ton camp.

Vous ne pourrez pas. Des sentinelles veillent tout autour. Seuls nos alliés thraces, qui viennent d'arriver, épuisés, dorment sans gardes, un peu à l'écart.

Pitié, j'ai dit tout ce que je savais !

On dit que les chevaux des Thraces sont magnifiques ! Or nous manquons de chevaux.

Les deux Grecs parviennent silencieusement au campement des Thraces, et pendant qu'Ulysse rassemble les chevaux, Diomède, sans états d'âme, se glisse épée en main parmi les corps endormis.

Cette nuit-là, un grand nombre de redoutables guerriers passent dans leur sommeil de vie à trépas.

Les Grecs ont repris courage. Leurs ennemis, qui les croyaient affaiblis et pensaient livrer un ultime et facile combat, voient fondre sur eux des hommes déterminés, hurlant leurs cris de guerre.

Agamemnon sème la mort et l'effroi sur son passage.

Sous ses coups tombent Oïlé, Isos, Antiphos, l'un des fils de Priam, Hippolochos, Pisandre…

À ce dernier, il coupe la tête, qu'il fait tournoyer en la tenant par les cheveux pour la lancer par-dessus les phalanges troyennes horrifiées.

Assauts et replis se succèdent dans les hurlements, les chocs de métal, les cris d'agonie et les plaintes...

Un javelot traverse le bras droit d'Agamemnon. Il perd beaucoup de sang. Il défaille. Le conducteur de son char l'éloigne de la zone de combat et le ramène à son navire.

TUEZ !

Le prudent Hector attendait ce moment au sommet d'une colline, qu'il dévale à présent à la tête de troupes fraîches.

Diomède et Ulysse, blessés, regagnent à leur tour leurs vaisseaux.

Peu à peu, les Troyens reprennent le dessus. Achille voit de loin reculer les siens.

Bientôt, Patrocle, tous les Grecs me supplieront à genoux de reprendre les armes.

Je crains qu'il ne reste plus personne pour te supplier, Achille... Les Troyens sont devant notre mur !

Leurs chevaux ne peuvent pas franchir le fossé hérissé de pieux, mais Hector, Pâris, Énée vont à pied, suivis de leurs troupes. On apporte des échelles...

Soudain,
les guerriers
des deux camps
cessent le combat
pour observer un aigle
au vol majestueux
qui emporte dans ses serres
un serpent meurtri
mais encore vivant.
Un présage, sans aucun doute.
Un message des dieux
s'écrivant au ciel.
Le reptile se tord et,
dans un ultime effort,
plante ses crocs
venimeux dans la gorge
de l'oiseau.
L'aigle divague un instant,
lâche sa proie,
puis s'abat
comme une pierre.

Polydamas, le conseiller d'Hector, recommande la prudence.
Sans l'écouter, le chef troyen brandit une énorme pierre et fracasse
l'une des portes de bois de la fortification grecque.

Le sursaut d'énergie d'un vaincu
peut être fatal au vainqueur!

Tais-toi, Polydamas!

Il hurle:

PAR ICI,
TROYENS! BRÛLONS
LEURS NAVIRES!

CRAC!

Les Troyens ont franchi le mur! Leurs archers tirent des flèches enflammées dans les coques des vaisseaux auprès desquels les nôtres se sont réfugiés! Quelques navires commencent à brûler.

Refuses-tu toujours de combattre?

Oui.

Ils ne m'ont pas assez supplié...

Alors donne-moi ton armure, tes armes et ton char. Prête-moi tes vaillants Myrmidons. Hector et les siens me prendront pour toi. Saisis d'effroi, ils fuiront.

Tu auras ce que tu me demandes. Tâche d'écarter l'ennemi de nos bateaux. Mais ne t'éloigne pas. Ne t'aventure pas jusqu'aux remparts de Troie.

Je te le promets!

La ruse réussit :

ACHILLE EST LÀ !

C'EST LUI !

IL AVANCE ET MAS-SACRE !

FUYONS !

IL EST REVENU !

La nouvelle se répand et, avec elle, la panique.
La bataille se déplace. Les Troyens reculent. On se bat dans la plaine, et bientôt sous les remparts de Troie.
Patrocle oublie sa promesse. L'épée d'Achille semble décupler la force de son bras, qui frappe et tue sans relâche.

Apollon intervient une nouvelle fois.
Il rompt à distance la jugulaire du casque d'Achille
qui glisse et tombe à terre, découvrant non pas
le visage de son propriétaire, mais celui de Patrocle.
Hector surgit :

TROYENS, REGARDEZ ! CE N'EST PAS ACHILLE !

Une pierre frappe Patrocle au front. Étourdi, il ne se défend plus.
Hector se jette sur lui et le tue.

ÂÂÂÂ

Antiloque, valeureux guerrier grec, hurle :

MÉNÉLAS ! Hector dépouille Patrocle des armes d'Achille !

Ne laissons pas aux mains de l'ennemi le corps du
héros qui a empêché la destruction de nos navires !

À MOI, AJAX !

J'ARRIVE, MÉNÉLAS !

Antiloque, cours prévenir Achille !

Récupérons le corps de Patrocle !

QUE LES DIEUX NOUS AIDENT !

Quand Achille apprend que son ami n'est plus,
il pousse un cri de douleur surnaturel
qui emplit l'espace bien au-delà du champ de bataille,
et glace les combattants.
Les armées se replient, comme obéissant à un ordre impérieux.

Ménélas et Ajax, couverts de sang, ramènent le corps de Patrocle. Achille pose ses mains sur la poitrine de son ami et pleure longtemps. Puis il le déshabille, le lave, l'oint d'huile et le couvre d'un tissu de lin.

> Je ne t'ensevelirai pas avant de t'avoir apporté la tête et les armes d'Hector.

Thétis a entendu le cri de douleur de son fils.

> Je veux tuer Hector, mais je n'ai plus d'armes.

> Tu en auras, mon fils !

Thétis se rend au cœur de la Terre, dans la forge d'Héphaïstos le difforme, ombrageux dieu du feu et des volcans, en espérant qu'il voudra bien l'entendre. N'a-t-elle pas toujours été aimable envers lui ?

Mon fils ne peut combattre, on lui a déloyalement pris ses armes.

Il aura les plus belles qu'on ait jamais vues.

Muni de ses nouvelles armes, Achille rejoint les chefs grecs rassemblés autour du corps de Patrocle.
Il se réconcilie avec Agamemnon qui lui rend Briséis.

J'ai eu tort.

Moi aussi.

Puis il part au combat à la tête de ses Myrmidons,
dans son char piloté par le fidèle Automédon.

Dans le camp troyen, le cri d'Achille a calmé les ardeurs belliqueuses. Seul Hector prône encore la guerre.

Retournons prudemment derrière les murs de notre ville.

NON ! Nous dépérissons entre nos murs ! Notre cité, jadis riche et prospère, se meurt. Il faut se battre, vaincre ou périr, mais il faut en finir !

La mêlée furieuse se reforme donc.

Achille, invulnérable, avance et massacre. Des guerriers fuient devant lui en jetant leurs armes. Il les poursuit jusqu'au bord du fleuve Scamandre. Beaucoup d'hommes y tombent, s'y noient, entraînés au fond de ses eaux tumultueuses par le poids de leurs armures.

Le fleuve, indigné, se dresse devant Achille.

Arrête, je t'en prie! Si tu as décidé d'exterminer tout un peuple, fais-le loin de moi. Tu me remplis de cadavres. J'en suis saisi d'horreur!

Il ne fallait pas se trouver sur le lieu de ma colère!

Alors Scamandre gonfle ses eaux, déborde de son lit, rejette les noyés sur la berge.

Il déracine un arbre et le jette sur Achille, qui parvient à l'éviter et à s'agripper aux branches pour sortir du fleuve.

Les eaux montent, envahissent la plaine…

… mais Héphaïstos, sur les ordres d'Héra, allume un feu qui fait reculer Scamandre.

Les dieux se lancent des invectives, s'accusent mutuellement de tricherie…

Achille, fou de rage et de chagrin, n'a pas étanché sa soif de vengeance.

Brandissant son épée rouge de sang et prête à tuer encore, il demande à Automédon de retourner au grand galop sur le champ de bataille.

Mais la plaine est déserte. Un seul guerrier attend devant la porte monumentale de la ville. Tous les autres se sont réfugiés dans ses murs.

HECTOR!

HECTOR, viens! Mets-toi à l'abri.

Je t'en supplie!

NON! Seul un combat entre Achille et moi mettra fin à la guerre.

À toi, Achille, je demande ceci: si tu l'emportes, laisse mon corps à mes parents.

Ton corps, je le traînerai à terre, je le donnerai à manger aux chiens!

Le combat est bref.

Avant même qu'Hector ait pu armer sa lance,
celle d'Achille lui transperce la gorge.

Le vainqueur attache le corps
de son ennemi à son char,
le traîne à terre, longuement,
sous les yeux des siens,
puis l'emmène.

Cet homme fou
d'orgueil, ce furieux,
emporte mon fils!

Mère!

Mon enfant! Quel malheur!

Je vais aller chercher le corps de mon fils.

NON!

N'y va pas, père, il te tuera!

Tout est ma faute!

Ne pleure pas, ma femme, ma décision est prise...

Toi, Pâris, tais-toi! Lâche! Coq prétentieux qui ne sais que faire le joli cœur! Tu vis, alors que la mort m'a pris le meilleur de mes fils...

Cesse de te mortifier, Hélène. Nous souffrons tous de cette guerre absurde!

Achille admire l'audace du vieillard qui s'avance sans que personne ne l'arrête.

Priam descend de son char et va s'incliner devant la dépouille de Patrocle, puis devant celle de son fils couverte de sang et de poussière.

Souviens-toi de ton père, Achille. Il aurait fait pour toi ce que je fais pour Hector. Oui, je baise les mains qui ont tué mon fils. Oui, je te supplie de me le rendre pour que je puisse baigner son visage de mes larmes et lui offrir une digne sépulture.

Je salue ton courage, vieillard. Ton discours m'émeut. Je te rends ton fils. La guerre s'arrêtera le temps des rites funéraires. Mais ne me demande rien d'autre !

Le corps d'Hector fut nettoyé, oint, recouvert d'une tunique splendide, et le vieux roi le ramena à Troie.

C'est ainsi que se termine l'*Iliade*.

QUOI ?

C'est tout ?

C'est pas une fin, ça !

Qui a gagné la guerre et que devient Achille ?

Et Hélène ?

En arrêtant là son histoire, le poète voulait peut-être suggérer que cette guerre ne se terminerait pas. Qu'elle en enfanterait d'autres, indéfiniment.

Qui remporta la victoire ? Gagne-t-on jamais une guerre ? En vérité, tous ceux qui la font la perdent. Passé les jours de liesse, les vainqueurs se trouvent tout aussi accablés que les vaincus. Imprégnés de dégoût, ils pleurent leurs morts, les villes détruites, les terres brûlées. Devant les vaincus, les vainqueurs se reconnaissent comme dans un miroir.

Après les funérailles d'Hector, les combats recommencèrent. Pâris tua Achille en touchant son unique point faible. En effet, peu après la naissance de son fils, Thétis l'avait emmené au bord du royaume des morts et l'avait plongé dans le Styx pour le rendre invulnérable. Mais, en immergeant le bébé, elle le tint par les talons, qui restèrent hors de l'eau. Or l'une des flèches de Pâris atteignit justement Achille au talon, y laissant une blessure profonde, incurable, dont il mourut.

Tu seras invincible, mon fils !

Plouf !

Gloub ! Gloub !

Pâris fut tué à son tour.

Moi, je l'aime bien !

Bien fait ! Je n'aime pas Pâris.

Finalement, les Grecs mirent Troie à sac. Sur une idée d'Ulysse, des guerriers jaillirent d'un immense cheval de bois dans lequel ils se tenaient cachés et que les Troyens, intrigués, avaient eux-mêmes tiré à l'intérieur de leurs murs.

Affaiblis, privés de la plupart de leurs chefs, ils capitulèrent. Ménélas retrouva Hélène. Les rois grecs reprirent la mer et chacun rentra chez soi, sauf Ulysse, qui se perdit et vécut des aventures contées dans l'*Odyssée*, le second poème épique d'Homère.

Tu racontes ?

Une autre fois. L'*Iliade* m'a épuisé !

Index
et Glossaire

quent aujourd'hui par plaisanterie l'appellation d'*automédon* à n'importe quel conducteur de voiture ou chauffeur de taxi (pages 64, 68).

BÉOTIE, ancienne région centrale de la Grèce continentale (*voir la carte*) (page 20).

BRISÉIS, captive particulièrement chérie d'Achille<. Lequel se fâche – au point de déserter les combats et de se retirer sous sa tente – quand Agamemnon< la lui prend. Le véritable nom de Briséis est Hippodamie («celle qui dompte les chevaux») (pages 12, 15-17, 23, 49, 64).

CALCHAS, devin de Mycènes< qui prédit aux Grecs la durée de la guerre de Troie (page 14).

CÉPHALONIE, île Ionienne, voisine d'Ithaque (*voir la carte*) (page 23).

CHEVAL DE TROIE, grand cheval de bois exposé à la vue des Troyens et que ceux-ci finissent par tirer à l'intérieur de leur cité, sans se douter qu'il renferme en ses flancs un commando de Grecs en armes. Le rusé Ulysse< est l'auteur de ce stratagème (page 3, 73).

CHRYSÉIS, elle échoit en partage à Agamemnon< après le siège de Thèbes. Mais celui-ci, contraint de la rendre, se dédommage en prenant la belle Briséis< à Achille<. La colère de ce dernier (il va désormais faire la grève des armes) est l'un des sujets de l'*Iliade*< (pages 12-13, 15).

CHRYSÈS, père de Chryséis<. Prêtre d'Apollon<, il obtient de ce dieu que l'armée des Grecs soit frappée de la peste jusqu'à ce que lui soit rendue sa fille détenue par Agamemnon<. Celui-ci va devoir s'exécuter, après consultation du devin Calchas (pages 13-14).

CICONES, peuple de la Thrace<. Ulysse<, jeté sur leurs côtes par une tempête à son retour de Troie, les combattra et pillera leur capitale Ismare (page 27).

CYPARISSUS, ville en Phocide (*voir la carte*) (page 20).

DARDANIE et ses Dardanides (ou Dardaniens), noms anciens de Troie et des Troyens: Dardanus est le fondateur de la ville (pages 9, 11, 20, 24).

DIOMÈDE, roi d'Argos (*voir la carte*). Combattant redoutable et partenaire d'Ulysse< dans toute mission à hauts risques, il est l'un de ceux dont les Troyens ont le plus à redouter (pages 21, 41-43, 50, 52, 55).

DIORES, vaillant guerrier tué au siège de Troie par Piroos<, chef des Thraces (page 22).

ÉGÉE (mer), zone maritime de la Méditerranée, entre la Grèce et l'Asie Mineure (*voir la carte*) (page 9).

ÉNÉE, prince troyen, fils d'Anchise et d'Aphrodite<, élevé par le centaure Chiron. Fuyant Troie après la défaite, il s'exilera en Italie où il sera à l'origine de la fondation de Rome (pages 26, 41-44, 55).

ÉPIDAURE, cité du nord-est du Péloponnèse< abritant un sanctuaire consacré à Apollon Maléatas. On visite encore aujourd'hui son amphithéâtre, aux proportions et à l'acoustique célèbres. (voir: *Thibaud Guyon et Roxane Marie Galliez «Guérison divine à Épidaure», Archimède-l'école des loisirs, 2008, Paris*) (page 21).

ÉPISTROPHOS, avec Naubolide<, c'est le chef des combattants de Phocide (*voir la carte*) pendant la guerre de Troie (page 20).

GRÈCE
CHALCIDIQUE
MER ÉGÉE

Olympe ∧

ÉPIRE

Larissa •

THESSALIE

PHTHIOTIDE

Peuple des Myrmidons

Achille

Lemnos

Skyros

ÉTOLIE   Orchomène •

Leucade

PHOCIDE

Ithaque •

Delphes •

EUBÉE

BÉOTIE

Céphalonie

PÉLOPONNÈSE

ÉLIDE

Thèbes •

Athènes

Salamine

ATTIQUE   Andros

Mycènes •

Épidaure •

Argos

Trézène •

Ajax

Zacynthos

ARCADIE

Agamemnon

MER IONIENNE

Pylos •

Sparte •

Ménélas

Cyclade

Nestor

LACONIE

Milos ou Mélos

Cythère

ME

ÉRIS, déesse de la discorde, fauteuse de guerres, de querelles et de rixes. Zeus< finira par chasser cette mégère de l'Olympe<. Elle est la mère de la Famine, du Désastre, de la Haine, et s'avance, coiffée de serpents, les yeux fous, la bouche écumante, brandissant d'une main une vipère et un poignard, de l'autre une espèce de lance-flammes. Créature à éviter. C'est sa «pomme de discorde» qui est à l'origine de la guerre de Troie (page 6).

EUPHÉMOS, chef des Cicones< de Thrace<, lors de la guerre de Troie (page 27).

EURYALE, sous-chef des troupes envoyées par les grandes villes du Pé-

Map

Sestos · Percoté · Zélée
Asius · Pandare
abros · Troie
DARDANIE · PHRYGIE
Priam Hector Pâris · Thèbes · Lyrnessos
MYSIE
Lesbos
TURQUIE actuelle
Izmir
LYDIE · MÉONIE
Chios
CARIE
konos
Naxos
Kos
Santorini
MÉDITERRANÉE

---

principal de l'*Iliade*[<], puisque c'est sa mort (il est tué par Achille[<] vengeant son ami Patrocle[<]), suivie de la démarche faite par Priam auprès du vainqueur pour récupérer la dépouille du héros et lui donner une sépulture, qui met un point final au poème (pages 24, 26, 30-31, 47, 50, 52, 54, 55-58, 60, 62, 65-73).

HÉLÈNE, née d'un œuf dû aux amours de Léda et de Zeus[<] métamorphosé en cygne, elle est l'épouse du Grec Ménélas[<]. C'est son rapt par le Troyen Pâris[<] qui cause la guerre (pages 7-8, 22, 29, 31, 70-71, 73).

HELLADE (pays des Hellènes), c'est le nom antique de la Grèce (page 23).

HÉPHAÏSTOS, dieu du feu et du métal. Précipité du haut de l'Olympe[<], il est tombé dans la mer près de l'île volcanique de Lemnos (*voir la carte*) (page 63, 67).

HÉRA, épouse de Zeus[<], reine de l'Olympe[<]. Elle est du côté des Grecs lors de la guerre de Troie (pages 7, 35, 67).

HIPPOLOCHOS, Troyen tué par l'impitoyable Agamemnon[<] (page 53).

HIPPOTHOS, avec Pylocos, il commande les soldats de Larissa[<] (page 26).

HOMÈRE, poète aveugle à qui l'on doit l'*Iliade*[<] et l'*Odyssée*[<]. Certains mettent en doute son existence ou contestent en tout cas qu'il ait pu s'agir d'un seul et même auteur (page 4, 9, 73).

HYRMINÉ, région de l'Élide sur le Péloponnèse[<] (page 22).

IALMÉNOS, frère d'Ascaphos[<] et autre prétendant d'Hélène[<] (page 20).

ICHOR, d'après Homère[<], ce liquide

loponnèse[<] pour participer à la guerre de Troie (page 21).

GRÈCE, pays du sud-est de l'Europe (*voir la carte*).

HADÈS, frère de Zeus[<] et roi des Enfers, où il règne entouré de spectres.

HECTOR, fils aîné de Priam[<]. Le plus noble, le plus vaillant des chefs troyens et peut-être le personnage est le sang des dieux. C'est du moins ce qui coule dans leurs veines (page 43).

IDOMÉNÉE, roi de Crète<, valeureux chef de guerre et l'un des prétendants d'Hélène< (page 23).

ILÉSION, ville de Béotie, dans la Grèce homérique (page 20).

ILIADE, poème en vingt-quatre chants racontant le siège de Troie et la colère d'Achille, qui refuse de prendre part au combat, pour le malheur des Achéens, avant de s'affronter au Troyen Hector< (pages 4, 71, 73).

IRIS («aux pieds légers», selon Homère<), messagère ailée des dieux, en particulier d'Héra<, épouse de Zeus< (pages 24, 31).

ISOS, guerrier troyen et autre victime d'Agamemnon< (page 53).

ITHAQUE, l'une des îles Ioniennes au nord-ouest de la Grèce. C'est le royaume d'Ulysse<, la patrie qu'il mettra – ainsi que l'Odyssée< l'indique – dix ans à regagner après la victoire des Grecs sur les Troyens (voir la carte) (page 23).

LACÉDÉMONE ou SPARTE, ville de la Grèce antique, capitale de la Laconie (voir la carte). Les mœurs y étaient sévères (pages 7-8, 22, 36).

LARISSA, ville de Thessalie, en Grèce (voir la carte) (page 26).

LEITOS, chef des Béotiens (page 20).

LYRNESSOS, ville au sud de Troie (voir la carte) (page 12).

MÉNÉLAS, roi de la Laconie (Sparte)<, époux de la belle Hélène< que Pâris< enlève pour l'emmener à Troie<, déclenchant par là un conflit meurtrier de dix ans entre Grecs et Troyens (pages 7-8, 18, 22, 29, 31, 34-36, 50, 60-62, 73).

MÉONIENS, peuple de la MÉONIE (ou MÆONIA), région de l'actuelle Turquie (voir la carte) (page 27).

MYCÈNES, ville du Péloponnèse, capitale de l'Argolide, le royaume d'Agamemnon< (voir la carte) (pages 8, 13, 21).

MYRMIDONS, peuple grec légendaire, sur lequel régna Pélée<, le père d'Achille<, puis Achille lui-même à sa suite (voir la carte) (pages 12, 23, 58, 64).

MYSIENS, peuple de la MYSIE, région de l'actuelle Turquie (voir la carte) (page 27).

NAUBOLIDE, chef des guerriers de Phocide< pendant la guerre de Troie (page 20).

NESTOR, roi grec de Pylos<. À un âge avancé, il part avec ses troupes embarquées sur vingt vaisseaux. Pendant le siège de Troie, il se signale par ses discours et par ses sages conseils (pages 22, 46-50).

ODYSSÉE, poème épique composé vers la fin du VIIIᵉ siècle avant notre ère et faisant suite à l'Iliade<. Ses vingt-quatre chants relatent le retour, riche en péripéties, du roi Ulysse< regagnant ses terres d'Ithaque< après l'expédition punitive victorieuse des Grecs contre les Troyens (pages 4, 73).

OÏLÉ, autre victime d'Agamemnon< (page 53).

OLYMPE, par-delà les nuages, c'est le séjour immatériel des douze grands dieux grecs. Zeus<, roi des dieux et maître des éléments, y a son palais (pages 5, 15, 19, 35, 41, 44).

ORCHOMÈNE, ville de l'ancienne Grèce (voir la carte) (page 20).

PANDARE, fils de Lycaon de Zélée< et possesseur d'un arc qui lui aurait été donné, à ce qu'on dit, par Apollon^{<} en personne. Il manque rarement sa cible. Il est du côté des Troyens (pages 26, 35-36, 41-42).

PAPHLAGONIENS, peuple de la PAPHLAGONIE, en Asie Mineure (aujourd'hui la Turquie) (page 27).

PÂRIS, jeune prince troyen, fils de Priam^{<}, berger à ses heures. C'est lui qui cause la guerre de Troie en enlevant la belle Hélène^{<} (pages 7-8, 26, 28, 30-31, 34, 44, 55, 70, 72-73).

PATROCLE, ami de cœur d'Achille^{<}, tué par Hector^{<}. C'est pour le venger qu'Achille consent à reprendre les armes (pages 17, 37, 55, 59-62, 64, 71).

PÉLÉE, roi légendaire de Phthie^{<} en Thessalie (*voir la carte*), et père d'Achille^{<} (page 6).

PÉLOPONNÈSE, très grande presqu'île qui forme près d'un tiers de la Grèce (*voir la carte*).

PÉNÉLOS, l'un des chefs béotiens (page 20).

PÉONIENS, peuple de la PÉONIE, qui se situe au nord-est de la Thrace^{<}; aujourd'hui ce serait la Bulgarie (page 27).

PERCOTÉ, ville au nord de Troie (*voir la carte*) (page 26).

PHARIS, ville de la Grèce homérique au sud de Sparte (page 22).

PHOCIDE, région de Grèce centrale, à l'ouest de la Béotie^{<} (*voir la carte*) (page 20).

PHTHIE, ancienne ville de Thessalie, capitale de la Phthiotide (page 23).

PIROOS, chef des Thraces. Il blesse Diores^{<} à la jambe avec une pierre, mais est aussitôt tué par Thoas (page 27).

PISANDRE, énième victime d'Agamemnon^{<} (page 53).

PITYEIA, ville de Mysie (actuelle Turquie) (page 26).

POLYDAMAS, ami et conseiller d'Hector^{<} (page 57).

POLYXÈNE, chef grec (page 22).

PRIAM, dernier roi de Troie. Il régnait aussi sur la Phrygie (*voir la carte*) et sur les îles voisines, notamment Lesbos (pages 8, 24, 26, 41, 53, 71).

PROTHOÉNOR, chef grec des Béotiens. Fils d'Aréïlycus, l'un des chefs Troyens. Il sera tué par Polydamas^{<} (page 20).

PYLOCOS, avec Hippothos^{<}, il commande les troupes de Larissa^{<} (*voir la carte*) pendant la guerre de Troie (page 26).

PYLOS, ville au sud-ouest du Péloponnèse (*voir la carte*). C'est le sage et vieux roi Nestor^{<} qui commande les Pylosiens pendant le siège de Troie (page 22).

PYRAECHMÈS, chef des Péoniens^{<} de Thrace^{<} (page 27).

PYTHO, ancien nom de Delphes (*voir la carte*), au pied du mont Parnasse en Phocide (page 20).

SALAMINE, île grecque du golfe d'Égine près d'Athènes (*voir la carte*). C'est Ajax^{<} qui commande ses soldats pendant le siège de Troie (page 21).

SAMOS, île grecque de la mer Égée, au large de l'actuelle Turquie (*voir la carte*) (page 23).

SCAMANDRE (aujourd'hui Menderes), fleuve côtier de l'Asie Mineure (Troade). Il prend sa source au mont Ida et débouche dans l'Hellespont. Le dieu-fleuve du même nom, appelé aussi Xanthe, est l'ancêtre des rois de Troie (pages 65-67).

SCHÉDIOS, chef des guerriers de Phocide^{<} (*voir la carte*) (page 20).

SCOLOS, ville de Béotie (page 20).

SESTOS, ville au nord de Troie (*voir la carte*) (page 26).

SPARTE, voir LACÉDÉMONE.

STÉNÉLOS, lieutenant de Diomède<, chef des Argosiens (page 21).

STYX, fleuve des Enfers, qu'on situe dans le nord de l'Arcadie<. C'est son eau qui a rendu Achille< invulnérable (sauf aux talons, par où sa mère le tenait) (page 72).

TÉRIA, ville au nord de Troie (page 26).

THALPIOS, commande, avec Polyxène<, les soldats d'Hyrminé< et d'Alésie< (région d'Élide) pendant le siège de Troie (page 22).

THÈBES, ville au sud-ouest de Troie (*voir la carte*), détruite par Agamemnon< (à ne pas confondre avec celle en Égypte, ni celle en Grèce) (p.12).

THÉOPIE, ville de la Grèce homérique, en Béotie (page 20).

THÉTIS, divinité marine de la mythologie grecque et la plus célèbre des Néréides (nymphes). Par ailleurs, mère d'Achille<. C'est à son mariage avec le mortel Pélée< qu'Éris< a lancé la pomme de discorde, dédiée à «la plus belle» (pages 6, 17, 19, 62-63, 72).

THRACE, région d'Europe orientale formant la côte septentrionale de la mer Égée<, aujourd'hui partagée entre la Grèce, la Turquie et la Bulgarie (page 27).

TIRYNTHE, ville de la Grèce antique (page 21).

TRÉZÈNE, ville de l'ancienne Grèce, dépendant d'Athènes (*voir la carte*) (page 21).

TROIE, cité légendaire d'Asie Mineure et théâtre des événements guerriers que rapporte l'*Iliade*<. Ils auraient eu pour cause l'enlèvement de la belle Hélène<, épouse du roi de Sparte Ménélas<, par le jeune prince troyen Pâris<: rapt provoquant l'expédition punitive d'une coalition de chefs grecs sous le commandement d'Agamemnon<, roi de Mycènes<.

ULYSSE, sans doute le plus populaire des héros homériques, remarquable par son goût de l'aventure, par son astuce, sa force, son courage, sa prudence, son esprit (pages 11, 23, 40, 48-50, 52, 55, 73).

ZACYNTHOS ou ZANTE, une autre des îles Ioniennes, voisine d'Ithaque< (*voir la carte*) (page 23).

ZÉLÉE, ville au nord de Troie (*voir la carte*) (page 26).

ZEUS, c'est le roi des dieux, trônant sur l'Olympe<. Il gouverne le ciel et la terre, Poséidon ayant tous pouvoirs sur la mer et Hadès sur le royaume des morts (pages 7, 19, 35, 44).